AF325106

OBJETS D'ART ANCIENS

Faïences et Porcelaines Anciennes

TABLEAUX

GRAVURES — DESSINS — MINIATURES

OBJETS DE VITRINE

SIÈGES ET MEUBLES ANCIENS

CATALOGUE

DES

Objets d'Art Anciens

FAIENCES ET PORCELAINES ANCIENNES

TABLEAUX

GRAVURES, DESSINS, MINIATURES

OBJETS DE VITRINE

SIÈGES ET MEUBLES ANCIENS

DONT LA VENTE AURA LIEU A PARIS

HOTEL DROUOT, SALLE N° 7

LE VENDREDI 29 MAI 1914

A deux heures

COMMISSAIRES-PRISEURS

Mᵉ André COUTURIER | **Mᵉ André DESVOUGES**
56, rue de la Victoire | 26, rue de la Grange-Batelière

EXPERTS

Pour les Tableaux : | *Pour les Objets d'art :*
M. Georges SORTAIS, Peintre | **M. Édouard PAPE**
Expert près le Tribunal de la Seine | Expert près le Tribunal de la Seine
11, rue Scribe | 174, Faubourg-Saint-Honoré

EXPOSITION PUBLIQUE

Le Jeudi 28 Mai 1914, de deux heures à six heures

CONDITIONS DE LA VENTE

Elle sera faite au comptant.

L'acquéreur paiera *dix pour cent* en sus du prix d'adjudication.

Paris. — Imp. de l'Art, Ch. Berger, 41, rue de la Victoire.

DÉSIGNATION

GRAVURES

BAUDOIN
(D'après)

1 — *Le Lever.*

Épreuve en noir, *avant la lettre.*

DESCOURTIS

2 — *Vue de la Porte Saint-Bernard.*   200

D'après DE MACHY.
Épreuve en couleur. Toute marge.

DESPLACES

3 — *Portrait de Mlle Duclos.*

> D'après LARGILLIERRE.
> Épreuve en noir.

DUCLOS

(DEUX PENDANTS)

4 — *Le Concert.*

— *Le Bal paré.*

> D'après SAINT-AUBIN.
> Épreuves en noir.

100

DUPUIS

5 — *Messire Charles-François-Paul Le Normant de Tour-nehem.*

> D'après TOCQUÉ.
> Épreuve en noir.

ÉCOLE FRANÇAISE

6 — *Portrait en pied d'un Seigneur.*

> Épreuve en noir.

DUPLESSIS-BERTAUX
(D'après)

7 — *L'Assemblée nationale en 1789.*

Épreuve en noir.

HOGG
(DEUX PENDANTS)

8 — *Tres Frail Sisters.*

— *Black brown and Fair.*

D'après SMITH R.
Épreuves en couleur de forme ronde.

LUPTON

9   *Good Morning.*

D'après COOPER.
Épreuve en noir. Grande marge.

REYNOLDS
(D'après S.-J.)

10 — *Portrait du Prince de Galles.*

Épreuve en noir.

SMITH
(D'après J.-R.)

11 — *La Visite au Grand-Père*.

Gravure en couleurs, par Le Cœur.

TENRÉ
(HENRI)

12 — *Jeune Femme assise dans un fauteuil et tenant un carton à dessin sur ses genoux*.

Gravure. Fac-similé retouché, avec dédicace.

WATTEAU
(D'après ANTOINE)

13 — *La Signature du Contrat de la Noce de Village*.

Par Antoine Cardon.
Cadre en bois sculpté.

WILL
(GEORGES)

14 — *Louis Phelypeaux, Comte de Saint-Florentin*.

D'après Tocqué.
Épreuve en noir.

DESSINS, AQUARELLES
GOUACHES

BOUCHER
(FRANÇOIS)
1703-1770

15 — *Saint Jean et l'Agneau pascal.*

Dessin à la pierre noire rehaussé d'aquarelle et de gouache.
Signé en bas à gauche : *F. Boucher.*

Haut., 25 cent.; larg., 18 cent.

BOUCHER
(Attribué à F.)

16 — *Le Dénicheur de nid.*

Dessin à la sanguine.
Cadre Louis XVI en bois sculpté et doré.

Haut., 36 cent.; larg., 26 cent.

CAPET
(Mademoiselle)

17 — *Portrait du Docteur Jean-Baptiste Brignères.*

D'après LABILLE-GUYARD.
Dessin à la mine de plomb.
Signé à droite.

Haut., 20 cent.; larg., 17 cent.

ÉCOLE FRANÇAISE
(XVIIIe siècle)

18 — *Les Enfants royaux.*

2 00   Dessin aux crayons de couleur.

> Haut., 20 cent.; larg., 14 cent.

FRAGONARD
(HONORÉ)
1732-1806

19 — *Mademoiselle Olivier dans le rôle de Chérubin.*

Dessin à la sanguine.

3 00   Haut., 22 cent. 1/2; larg., 16 cent. 1/2.

(*Ancienne Collection Walferdin, n° 256 du Catalogue.*)

ISABEY
(Attribué à J.-B.)

20 — *Portrait de Femme coiffée d'un bonnet normand.*

Dessin rehaussé de sépia.

> Haut., 13 cent.; larg., 11 cent.

JOURDAIN
(ROGER)

21 — *Jeune Femme assise au bord de l'eau, tenant un livre ouvert sur ses genoux.*

Aquarelle.

Signée en bas à gauche : *Roger Jourdain.*

> Haut., 30 cent.; larg., 44 cent.

MOREAU
(LOUIS)
1740-1806

22 — *Pêcheurs au bord d'un lac.*

Aquarelle non terminée.

255

Haut., 17 cent.; larg., 28 cent. 1/2.

Cadre style Louis XV en bois sculpté et doré.

MEULEN
(D'après F. VAN DER)

23 — *Episode de la bataille d'Entraygues.*

Gouache.

150

Haut., 23 cent.; larg., 32 cent

Cadre Louis XIV en bois sculpté et doré.

NICOLLE
(V.-J.)
XIXe siècle

24 — *Vue du Château de l'Œuf et du Mont Vésuve à Naples.*

Aquarelle.

Signée à gauche : *V.-J. Nicolle.*

Haut., 20 cent.; larg., 31 cent.

REGNAULT
(Le baron JEAN BAPTISTE)
1754-1829

25 — *Triomphe au Temple de l'Immortalité.*

Projet pour la décoration du plafond du Palais du Luxembourg.

Dessin, à l'encre de Chine, sur papier végétal.

Haut., 27 cent.; larg., 5o cent.

MINIATURES

D. P...

26 — *Portrait de Napoléon 1ᵉʳ après sa mort.*

Miniature de forme ronde. Signée et datée à droite : *D. P...*, 5 mai 1821.

Diam., 9 cent.

ÉCOLE FRANÇAISE
(XIXᵉ siècle)

27 — *Portrait de Jeune Femme.*

Vue en buste, une couronne de laurier dans la chevelure, vêtue d'une robe blanche décolletée, recouverte d'un châle rose.

Miniature.

Haut., 9 cent.; larg., 8 cent.

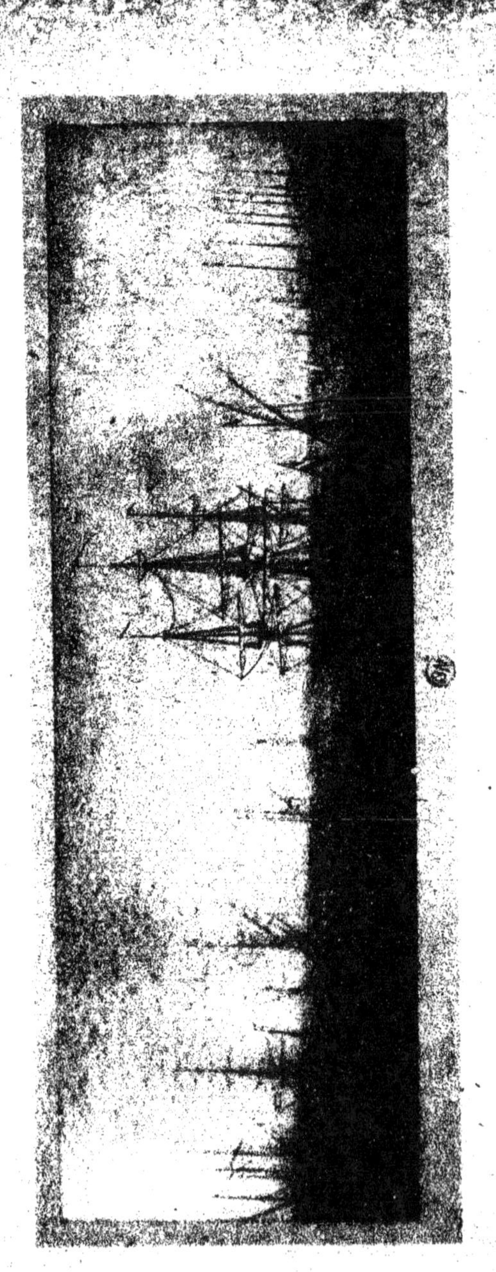

29

TABLEAUX

AMICONI
(JACQUES)
1675-1752

28 — *Le Triomphe de Junon.*

Projet d'un plafond.

Toile. Haut., 51 cent. 1/2 ; larg., 65 cent. 1/2.

BLARENBERGH
(École de LOUIS VAN)

29 — *Vue présumée du Port de Toulon.*

Des frégates sont à l'ancre dans le port : sur le quai, des soldats, groupés parmi la foule, attendent l'heure de l'embarquement.

Toile. Haut., 22 cent.; larg., 59 cent.

BROWN
(JOHN-LEWIS)
1829-1890

30 — *Le Maréchal de Vaux.*

Il est représenté à cheval, accompagné de ses aides de camp, explorant le champ de bataille de Fontenoy.

Signé en bas à gauche : *John Lewis Brown.*

Bois. Haut., 16 cent ; larg., 23 cent. 1/2.

DROLLING
(MARTIN)
1752-1827

31 — *Portrait d'un Savant.*

A mi-corps vers la droite, coiffé d'une toque rouge, vêtu d'un habit de brocart or et vert, assis devant une table recouverte d'un tapis de velours rouge, sur laquelle sont posés, livres, feuillets et encrier; à l'arrière-plan, deux personnages s'avancent.

Signé à gauche : *Drolling.*

Bois. Haut., 17 cent. 1/2 ; larg., 15 cent.

ÉCOLE FRANÇAISE
(Fin du XVIIIᵉ siècle)
(Inspiré de REMBRANDT)

32 — *Portrait d'un Grand-prêtre.*

Vu de face, assis devant une table, coiffé d'un bonnet à passementerie d'or et d'argent, la figure encadrée d'une longue barbe blanche, la main posée sur les Tables de la Loi.

Toile. Haut., 24 cent.; larg., 19 cent.

FLINCK
(Attribué à GOVAERT)

33 — *La Jeune Bergère.*

Vue de trois quarts à droite, la chevelure ornée de perles et de roses, vêtue d'un corsage décolleté, et tenant sa houlette sur l'épaule.

Bois. Haut., 12 cent.; larg., 10 cent. 1/2.

37

INCONNU

34 — *Portrait d'un Dignitaire chinois.*

Toile. Haut., 26 cent.; larg., 20 cent.

LAURENS

(J.-PAUL)

35 — *Judith venant de couper la tête d'Holopherne.*

Signé en bas à gauche : *J. Paul Laurens.*

Toile. Haut., 33 cent.; larg., 25 cent.

NATOIRE

(Attribué à C.-J.)

36 — *La Naissance d'un dieu.*

Toile. Haut., 49 cent.; larg., 65 cent.

STEEN

(JEAN)
1626-1679

37 — *Portrait présumé de l'Artiste.*

Vu jusqu'à la poitrine de face vers la droite, la figure souriante, il est coiffé d'un haut feutre brun, vêtu d'un habit gris vert, il porte une petite collerette à tuyautés rigides.

Cadre Louis XVI en bois sculpté et doré.

Toile. Haut., 48 cent.; larg., 40 cent.

TENIERS

(Attribué à DAVID)

38 — *Fête de Village.*

Dans une cour d'auberge, des villageois et leurs compagnes,
assis autour de tables garnies de victuailles, chantent et boivent
pendant qu'un couple se livre au plaisir de la danse; tout au
premier plan, à droite, un paysan assis sur une chaise, les
bras et la tête reposant sur un tonneau, sommeille.

Signature en bas à gauche.

Bois. Haut., 27 cent. 1/2; larg., 37 cent.

APPARTENANT A MONSIEUR LE BARON DE B...

BOZE

(JOSEPH)

1744-1826

**38 bis — *Portrait présumé de Marie-Antoinette, reine de
France.***

Vue en pied presque de face à gauche, assise sur un canapé
garni de velours rose cendré, les pieds reposant sur un coussin
de même couleur, coiffée d'une haute chevelure poudrée et
tombant en torsades sur les épaules, vêtue d'une robe de satin
blanc décolletée et garnie de fines dentelles et de nœuds de satin
bleu; à droite, un guéridon sur lequel on aperçoit un feuillet,
encrier, et un bouquet de roses dans un vase de cristal.

Toile. Haut., 41 cent.; larg., 33 cent.

(Provient de la Collection du Marquis d'Auvers.)

38 bis

38 bis

FAIENCES ANCIENNES

39 — Delft et Sinceny. Paire de levrettes polychromes,
190 sur base rectangulaire.

40 — **Delft**. Compotier à bords côtelés, décoré de haies
fleuries et d'oiseaux en bleu, rouge et or.

41 — **Delft.** Plat, décor polychrome de panier fleuri.

42 — **Delft.** Deux plats, décor au paon camaïeu bleu, et
un petit plateau, décor de fleurette en camaïeu bleu.

43 — **Delft**. Paire de potiches couvertes, à décor poly-
250 chrome, d'oiseaux, de feuillages et d'ornements divers.

44 — **Delft**. Pichet, formé d'un singe coiffé d'un tricorne
680 et accroupi sur une base. Décor en couleurs.

45 — **Espagne**. Vase, décoré de fleurs et ornements en
camaïeu bleu, et plat présentant un cavalier poursuivi
par un taureau.

46 — **Hispano-Mauresque**. Deux plats à reflets métal-
220 liques; décor d'ornements, et un petit plat présentant
une vache au milieu de feuillages.

47 — **Italie**. Hanap en forme de casque et son bassin,
décor de camaïeu jaune.

48 — **Italie**. Plaque ovale, à sujet galant polychrome.

49 — **Italie**. Plat ovale à bords chantournés, décor de
fleurs et rocailles polychromes.

5o — **Lille**. Assiette, décorée d'une large rosace bleue.

51 — **Marseille**. Paire de cache-pot, à décor de fleurs polychromes.

52 — **Marseille**. Vase à deux anses, à couvercle ajouré, décoré à la panse de paysages animés dans des cartouches que des guirlandes relient.

53 — **Marseille**. Deux assiettes, fleurs polychromes.

54 — **Moustiers**. Plat rond, présentant au centre un large médaillon décoré d'une chasse à l'autruche, d'après TEMPESTA. Marli composé d'ornements dans le goût de BÉRAIN. Décor camaïeu bleu.

55 — **Moustiers**. Plat ovale, décoré d'une armoirie en camaïeu bleu.

56 — **Niderviller**. Plat, à décor de fleurs polychromes. Il porte la marque de *Custine*.

57 — **Rouen**. Deux saladiers, décor polychrome à la corne, et deux compotiers à décor de fleurettes.

58 — **Rouen**. Porte-montre, de forme rocaille, à décor de fleurs polychromes.

59 — **Sceaux**. Groupe polychrome, composé d'une femme jouant de la vielle, d'un enfant et d'un mouton.

6o — **Strasbourg**. Huilier, à décor de feuillages poly-chromes.

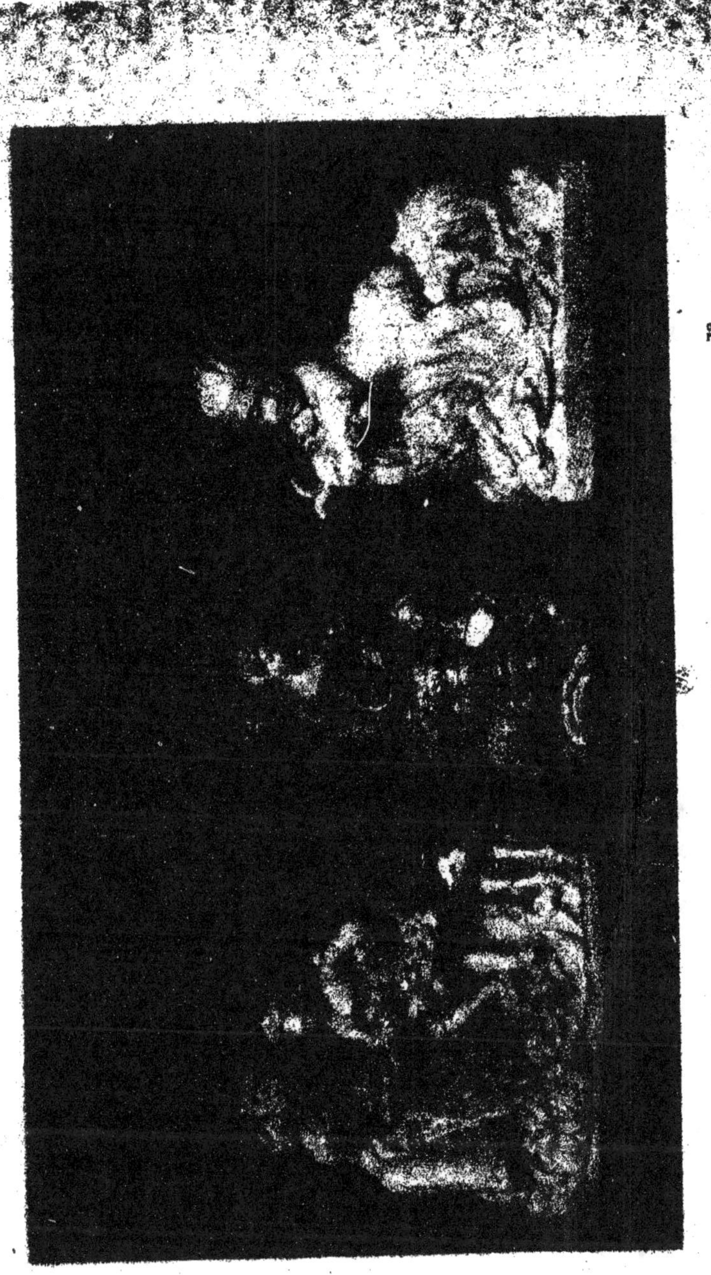

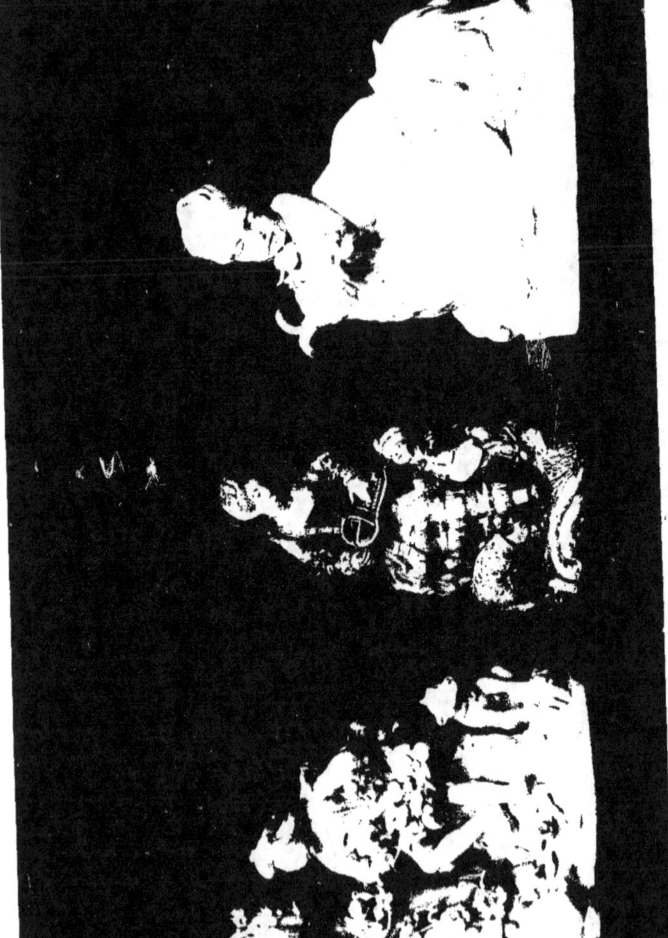

PORCELAINES ANCIENNES

61 — **Berlin**. Deux tasses, fleurs polychromes.

62 — **Bordeaux**. Partie de cabaret, composé d'un plateau, d'un sucrier, d'un pot à lait et d'un broc, à décor polychrome de guirlandes et fleurs.

63 — **Chine**. Vingt-deux assiettes et deux bols, des époques Kang-shi et Kien-lung.

64 — **Chine**. Paire de potiches fond noir, à rehauts de dorure.

65 — **Chine**. Deux bols, à décor de motifs polychromes. Époque Kang-shi.

66 — **Chine**. Vase-rouleau, décor de personnages. Époque Kang-shi.

67 — **Chine**. Paire de potiches, à décors de fleurs polychromes. Elles présentent un large lambrequin rose au collet.

68 — **Chine**. Paire de vases-lancelle, décorés en camaïeu bleu de nombreux personnages. Époque Kang-shi.

69 — **Fulda**. Légumier et son plateau, à décor de fleurs camaïeu rose.

70 — **Hœchst**. Groupe en porcelaine blanche, présentant un enfant s'appuyant sur une niche près de laquelle se trouvent un chien et un chat.

71 — **Louisbourg**. Groupe formé d'une femme qui tient
230 deux coupes et un enfant.

72 — **Louisbourg**. Soupière, décor de bouquets de fleurs
420 polychromes.

73 — **Mennecy**. L'Enfant à la chèvre. Pâte tendre blan-
980 che émaillée.

74 — **Mennecy**. Sucrier, à décor de fleurs polychromes.

75 — **Mennecy**. Groupe galant en porcelaine blanche,
composé d'un homme, et d'une femme vêtue d'une
robe crinoline, tenant des fleurs.

76 — **Mennecy**. Vase pot-pourri, orné de fleurs en relief
230 et, sur les côtés, de têtes d'oiseaux tenant des
anneaux dans leur bec.

77 — **Mennecy**. Cuiller à poudre ajourée, décor de fleurs
polychromes.

290 78 — **Niederwiller**. Statuette de Source. Biscuit.

79 — **Nymphenbourg**. Paire de corbeilles ajourées, de
325 forme ovale, décorées à l'intérieur de bouquets de
fleurs polychromes.

80 — **Paris**. Vase, de forme Médicis, à têtes de lions en
430 relief, à cartouches d'oiseaux et de fleurs se détachant
sur fond rose.

81 — **Saxe**. Trois plats, marli à vannerie, décorés de
121 bouquets de fleurs polychromes, deux tasses à décor de
fleurs, une saucière, une verseuse.

82 — **Saxe**. Deux petites cuillers, décor de fleurs polychromes.

83 — **Saxe**. Flambeau, formé de branchages entrelacés,
avec statuette d'Amour polychrome.

84 — **Saxe**. Petit cabaret, composé de deux tasses, un pot
à lait, un sucrier, une boîte à thé, à décor de fleurs
polychromes.

85 — **Saxe**. Pétite fontaine, à décor de fleurs polychromes; monture argent.

86 — **Saxe**. Tasse, à décor de grotesques et sujet mytho-
logique, montée en argent doré.

87 — **Saxe**. Soupière et son plateau de forme allongée,
à décor de fleurs. Une statuette d'enfant sert d'amor-
tissement au couvercle.

88 — **Sèvres**. Paire de cache-pot, pâte tendre, décorés
de fleurs et fruits polychromes.

Haut., 17 cent.

89 — **Tournai**. Vingt-six assiettes, marli à mille côtes,
à bord vert et or.

90 — **Tournai**. Six assiettes à bords échancrés, présentant au centre des médaillons bleus chargés d'attributs
dorés et variés sur chaque pièce. Au marli, enroule-
ment d'un ruban d'or autour d'un filet bleu.

91 — **Tournai**. Dix assiettes, présentant des paysages
polychromes variés. Bordure à dents de loup d'or.

92 — **Vienne**. Plateau à deux anses et à bords rocaille;
pot à crème et verseuse décorés d'amours.

OBJETS DE VITRINE
ARGENTERIE ANCIENNE

93 — Hochet en or.

93 *bis* — Très grosse montre en argent. Elle porte le nom d'*Etienne Lenoir, à Paris*. France, xviiie siècle.

94 — Eventail en ivoire ajouré, présentant deux médaillons ovales peints de sujets dans le goût de PRUDHON. Fin du xviiie siècle.

95 — Petite boîte octogonale en or ciselé. Époque Louis XVI.

96 — Boîte en argent, de forme contournée, ornée d'oiseaux et de rocailles en relief. Époque Louis XV.

97 — Petit éventail, décoré, dans le goût de LANCRET, d'une scène galante et de nombreux personnages dans un parc. Vernis Martin. xviiie siècle.

98 — Boîte en poudre d'écaille, ornée d'un paysage maritime.

99 — Petit nécessaire, composé d'une châtelaine, deux cassolettes, un étui à ciseaux, un étui à aiguilles et une trousse de poche avec ses ustensiles. xviiie siècle.

100 — Bel éventail à monture or et nacre, présentant des sujets mythologiques. Époque Louis XV.

101 — Pot à lait en argent, Vieux Paris, présentant sur le devant un cartouche timbré d'une armoirie. Décor de coquilles, rosaces, fleurons et godrons. Époque Régence.

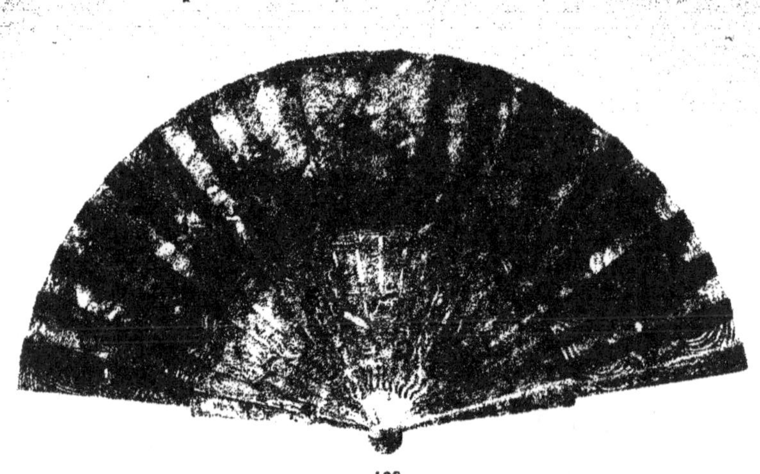

100

85

101

87

100

85

101

97

BRONZES
OBJETS VARIÉS

102 — Deux petits trépieds en argent, avec couvercles à graines.

103 — Coffret en bois de rose marqueté de fleurs, muni d'ustensiles et de pots de toilette. Époque Louis XVI.

104 — Deux coupes de surtout, à trois plateaux étagés, en porcelaine de Paris. Époque Empire.

105 — Coffret en bois de rose à filets, d'époque Louis XVI, contenant une théière, un sucrier et deux tasses en ancienne porcelaine de Sèvres, ainsi qu'un verre doré.

106 — Paire de flambeaux à base octogonale à godrons. Époque Louis XIV.

107 — Paire de chandeliers en émail cloisonné de la Chine.

108 — Coffret, muni de tasses, sucriers, etc., en ancienne porcelaine, et de divers ustensiles. Commencement du XIXe siècle.

109 — Rafraîchissoir à deux compartiments en plaqué. XVIIIe siècle.

110 — Coffret en bois noir, muni de plaques décorées de sujets galants, paysages, etc., en ancienne porcelaine de Saxe.

111 — Groupe en terre cuite de FRATIN : Chien et rat.

112 — Coffret, contenant six flacons en verre doré.
xviiie siècle.

113 — Le Centaure Nessus enlevant Déjanire et l'Enlève-
ment d'Europe; deux groupes bronze patiné. xvii[e]
siècle.

113 *bis* — Petit cartel, décoré d'attributs, d'instruments de
musique, de fleurettes et de rocaille. Il porte le nom
de *Barat à Paris.* Époque Louis XV.

113

SIÈGES

114 — Bergère en bois sculpté, à décor de moulures et de fleurettes. Époque Louis XV.

115 — Deux fauteuils en bois peint blanc et or, recouverts de tapisserie au point, à motifs de vases fleuris, draperies et ornements divers.

116 — Deux fauteuils en bois doré, recouverts de tapisserie à fleurs du xviiie siècle.

117 — Deux fauteuils, recouverts de tapisserie d'Aubusson, à sujets d'enfants et de fables de La Fontaine. Époque Louis XVI.

118 — Fauteuil en bois sculpté, décoré au dossier d'ornements Renaissance. En partie du xvie siècle.

119 — Deux bergères en bois sculpté et ciré, d'époque Louis XV, recouvertes de velours rouge.

120 — Deux fauteuils en bois sculpté, recouverts de tapisserie du xviie siècle, à décors de larges fleurs et de rubans terminés par des glands.

121 — Six fauteuils d'époque Louis XVI, recouverts de tapisserie au point du xviiie siècle.

122 — Canapé et quatre fauteuils en bois sculpté et ciré, recouverts d'ancienne tapisserie d'Aubusson, à décor de fleurs et animaux.

MEUBLES

123 — Table carrée à quatre pieds formés de colonnettes et à balustre central reposant sur une entrejambes. XVIᵉ siècle.

124 — Petite table à quatre faces à marqueterie de vases. Époque Louis XV.

125 — Glace en bois sculpté et doré, à décor de rocailles où s'entrelacent des feuillages de chêne chargés de glands. Époque Louis XV

126 — Table rectangulaire en bois de placage à marqueterie de filets échiquetés. Galerie, entrée et sabots de cuivre. Époque Louis XVI.

127 — Petite table à ouvrage ovale, à trois tiroirs et plateau d'entrejambes, en bois de rose. Marbre blanc. Entrées, galerie et sabots en cuivre. Époque Louis XVI.

128 — Petite console en bois sculpté, à deux pieds cannelés reliés par une entrejambes à entrelacs. Elle présente à la ceinture des feuilles et des oves. Dessus de marbre. Époque Louis XVI.

129 — Glace en bois sculpté et doré, présentant des branches chargées de raisins. Époque Louis XV.

130 — Table-guéridon en bois de citronnier, à trois pieds, formant pupitre. Époque Louis XVI.

131 — Glace en bois sculpté et doré, à décor de branches chargées de raisins. XVIIIᵉ siècle.

132 — Table-bureau à un tiroir en bois de rose et filets.
Époque Louis XVI.

133 — Grande glace en bois sculpté et doré, à décor de
rocailles, d'ailes, de fleurs et de coquilles. Époque
Régence.

134 — Poudreuse à marqueterie de bois de rose et de
violette. Époque Louis XV.

135 — Console à quatre pieds cambrés en bois sculpté et
doré. Les pieds sont reliés par une entrejambe char-
gée de motifs rocaille et d'un combat de dragons. Des
feuillages de chêne s'enlacent aux pieds. Époque
Louis XV.

TAPISSERIES ANCIENNES
TAPIS

136 — Deux bandes de tapisserie à sujets d'oiseaux et de
fleurs. L'une d'elles porte le nom de : *Van Den
Hecke*. Flandre, xviie siècle.

137 — Deux portières et un bandeau de velours ornés
d'application d'ancienne tapisserie du xviie siècle.

138 — Tapis d'Orient.

Haut., 2 m. 20 cent.; larg., 1 m. 40 cent.

RED. :

23

graphicom

MIRE ISO N° 1
NF Z 43-...
AFNOR
Cedex 7 92080 PARIS LA DEFENSE